Virtuelle Liebe

ein Kurzroman von

Paul Riedel

www.paul-riedel.de

©Paul Riedel, München 2016

Printed in Germany

Lektorat: Michael von Sehlen, Minden 2016

Erste Auflage 2016

Zweite Auflage 2018

Bibliografische Information der Deutschen Nationalbibliothek: Die Deutsche Nationalbibliothek verzeichnet diese Publikation in der Deutschen Nationalbibliografie; detaillierte bibliografische Daten sind im Internet über dnb.dnb.de abrufbar.

© 2018 Paul Riedel

Herstellung und Verlag: BoD - Books on Demand, Norderstedt

ISBN: 978-3-7504-3675-6

Paul Riedel

Geboren am 27. Mai 1960 in der brasilianischen Stadt Sao Paulo als Paulo Sergio Riedel, benutzt er als Künstlernamen den Namen seines Urgroßvaters.

Seit er 1972 an seiner ersten Ausstellung in der Stadt Peruibe teilnahm, sind seine Aktivitäten in der Künstlerszene ebenso zahlreich wie vielfältig.

Über die Karriere als Maler, Fotograf, Sänger oder Tänzer hinaus hat er den Wunsch, seine Fähigkeiten in allen Kunstrichtungen zu zeigen.

Heute lebt Paul Riedel in seiner zweiten Heimat München.

Vormittag

Stille herrschte im Raum und die Sonne an diesem Sommertag war noch lange nicht bereit, sich zu zeigen. Weiße Wände stützten eine ebenso weiße Decke und unten wurden sie von einem Boden getragen, wo ein deprimierend grauer Teppich verlegt worden war. Die Bürotische waren fast wahllos im Raum verteilt, entsprechend der Empfehlung von modernen Innenarchitekten. Alle vier Männer im Raum blickten unsicher zum grauen Boden. Kein Handy klingelte und kaum ein Räuspern war im Nebenraum zu hören.

Auf dem Bildschirm des Fernsehens an der hinteren Wand fror das Bild ein, nachdem der Pausenknopf gedrückt worden war. Eine Szene, die aus witzig gemeinten amerikanischen Soaps entnommen zu sein schien. Eine asiatische Frau, eine Reporterin, und aus verschiedenen Quellen schossen Lichtblitze auf beide. Der Gestank verbrannten Kaffees schwebte durch den Raum und unter dem Mantel des Schweigens, das dort herrschte, machte sich das schwere Aroma unangenehmer bemerkbar als sonst.

„Ich kann mir das nicht erklären", heulte ein etwas voluminöser rothaariger Mann namens Angus. Er war ein erst knapp über vierzig Jahren alter Mann, sah aber wie sechzig aus. Seine Haare hatten sich bereits vor drei Jahren von seinem runden Haupt verabschiedet, nur an den Schläfen waren noch einige treue Exemplare von seiner früheren Mähne übriggeblieben und das darunterliegende Gesicht war faltig und rötlich. Unter den quälenden Umständen und dazu mit seiner weinerlichen Stimme ähnelte er einer Figur eines beliebigen antiken griechischen Theaterstücks. Sein Satz endete in einer sardonischen Grimasse und er kauerte sich in seinen Lederpolstersitz.

„Zu spät für deine Krokodiltränen, du Arsch", Toshis Stimme klang leicht bedrohlich. Toshi lebte bereits seit seinem elften Lebensjahr in Deutschland und vor drei Jahren war er nach München gezogen und von seinem japanischen Ursprung war noch kaum etwas zu erkennen, außer den scharfkantigen Augen und dem bedrohlichen Blick eines zornigen Samurais.

„Ich habe nie mit einem virtuellen Jemand über mein privates Leben gesprochen." Angus blickte ins Leere und suchte nach etwas, was er eventuell übersehen hatte.

„Trotzdem, diese Reporterin kennt sogar Details deiner Liebespraktiken ebenso gut wie Details aus unserer Politik." Toshi schaltete die Espressomaschine aus und ging mit der Kanne aus dem Raum in Richtung der Küche, wo eine gewöhnliche Kaffeemaschine stand. Er war schlank und sah für einen Berater in seiner Position sehr zierlich aus, aber sein sehr entschiedener Gang verriet, dass er viel Durchsetzungsvermögen besaß. Er arbeitete seit fast fünfzehn Jahren in der Politik und verfügte über sehr gute Verbindungen zu allen Parteien und Politikern.

„Du wirst zurücktreten müssen. Kein Politiker kann sich nach einer solchen Blamage noch im Amt halten." Siegfried wurde meistens nur Siggi genannt und er war immer freundlich, aber an seiner Professionalität konnte keiner zweifeln. Er war immer zuversichtlich bei seinen Auftritten, und wie viele politische Berater wusste er sich bei Bedarf auch durchzusetzen. Viele Reporter wussten, dass Siggi zu widersprechen auch bedeuten konnte, bei der nächsten Pressekonferenz vergessen zu werden, oder schlimmer, auf einen unmöglichen Platz eingeladen zu werden. Die Lage, in die sie durch eine Enthüllung gebracht worden waren, war für alle Beteiligten fatal. Als Berater könnte er sich nur noch schnell aus dieser Affäre retten, indem er alles ordentlich abschließen und sich einen neuen Job suchen würde.

„Du bist nicht der erste Mann, der seinen Schwanz nicht in der Hose behält, aber du bist mindestens der erste, der sich in Thailand beim Sex mit drei Transvestiten fotografieren lässt und dann das Foto noch ins Internet postet." Siggi konnte kaum einen Lacher unterdrücken, als er zum Standbild im Fernsehmonitor blickte.

Das Büro war schlicht eingerichtet und bis auf einige nützliche Büromaterialen, die auf den Tischen lagen, waren nur zwei Kunstdrucke an der Wand zu sehen, die eine entfernte Ähnlichkeit mit Matisse hatten. Es war kein passendes Szenario für ein solches Drama. Angus war vor drei Jahren mit einem Freund im Urlaub in Thailand gewesen und hatte ihn seither nie wieder getroffen.

Beide hatten sich über Anstand und Spaß so gestritten, dass Angus seinen Rückflug erst drei Tage später als geplant antrat. Er fand seinen moralischen Ausrutscher normal für einen Männerurlaub. Angus dachte, dass eventuell dieser Freund Kopien von den Fotos aus seiner Kamera gemacht hätte. Das war mehr als unwahrscheinlich, weil er die Kamera immer bei sich gehabt hatte.

Auch Angus' Frau hatte sicherlich niemals in seinen Sachen gewühlt und selbst wenn, sie war nicht imstande, ein E-Mail-Programm zu öffnen, daher wäre es purer Zufall gewesen, falls sie etwas gefunden hätte.

Das Standbild in Fernsehen hatte einige Diskretionsstreifen über Angus' Penis und den Penis des fünfzehnjährigen Naidong, einem der drei Transvestiten, der den Anschein erweckte, Angus von hinten befriedigen zu wollen, während Angus lachte und wie ein nackter dickbäuchiger Faun Naidong seinen Hintern entgegenreckte. Man konnte sich beim Ansehen dieses Fotos das Wort grotesk in verschiedenen Ausführungen vorstellen. Kein Bild für das Nachmittagsfernsehen, aber bestimmt ein Bild, das am nächsten Tag auf dem Titelblatt aller Skandalblätter der Stadt sein würde, falls sie nicht klug und schnell reagierten. Das war Angus sehr klar.

Angus selbst gab zu, dass das Bild etwas zu derb war. Damals im Urlaub hatte er es lustig gefunden, aber jetzt, einen Tag vor der Ankündigung einer wichtigen

Gesetzesvorlage, kam ihm dieses Kunststück nicht mehr so lustig vor.

Das Ganze hatte sich wirklich so zugetragen, wie man es sich bei spätpubertären Männer im Urlaub vorstellt. Er war in seinem betrunkenen Zustand mit seinem Kumpel durch die Straßen von Koh Samui getorkelt. Kaum sehr weit gekommen, wurden beide alternde Herren von drei sehr hübschen Damen angesprochen. Wie es in Thailand in Urlaubsorten zu erwarten war, kamen die Damen mit in ihr Hotel. Bei Sekt und Bier zogen sich alle hemmungslos aus. Das Foto entstand, als sie dann nackt feststellten, dass es sich um Transvestiten handelten und nicht um Frauen. Angus fand die Verwechselung lustig und so entschied er sich, für dieses Foto zu posieren.

Kein Psychologe, keine Psychologin wird je verstehen, was manche Männer in solchen Momenten empfinden, und sie selbst wären auch nie in der Lage, die Situation zu erklären. Eine Mischung aus Scham, Naivität mit einem Übermaß an Alkohol setzte eine peinliche Marke im Leben schon vieler Männer und Frauen, so leider auch in Angus' Leben.

„Und du bist sicher, dass niemand dieses … Foto im Internet hat sehen können?" Toshi war wieder mit der sauber gespülten Kaffeekanne ins Zimmer hineingestürmt. Die Pause vor dem Wort Foto gab einem klaren Hinweis auf seine Gefühle, welche meistens verborgen blieben.

Die Sendung lief weiter und ein achtzehnjähriger Thailänder erzählte, wie der deutsche Angus ihn geliebt und seine Reise nach Deutschland bezahlt hatte und dass er ihn bald darauf heiraten wollte. Sicher, einen Oscar würde der Transvestit für diese Vorstellung niemals bekommen.

„Er lügt!", heulte Angus wieder und an der Echtheit seiner Tränen war nicht zu zweifeln. Er suchte nach Worten und wollte klarstellen, dass er nicht homosexuell sei, was seine Kollegen in diesem Moment gar nicht interessierte. Angus' Augen waren rot angelaufen und angeschwollen. Das war nicht das erste Mal, dass etwas Unerwartetes seine politische Karriere bedrohte, aber diesmal schien eine Lösung die Möglichkeiten seiner Assessoren zu übersteigen.

Der Beitrag endete mit einer lächelnden Reporterin mit einer scheußlichen roten Perücke, die „Zurück ins Studio!" rief, und ein anschließendes herzzerreißendes Jaulen von Angus erfüllte den Raum.

Im Nebenraum kam bereits die erste Mitarbeiterin in den Empfangsbereich und sie schien die Eilmeldung, die per E-Mail in der letzten Nacht gekommen war, noch nicht mitbekommen zu haben.

„Angus, ich glaube, ich habe doch etwas auf deinem Computer gefunden." Marcus, der bisher kein Wort von sich gegeben hatte, brachte mit diesem Satz alle dazu zu schweigen. Alle anderen drei bewegten sich zum Monitor des Computers und sahen ein Chatprotokoll, auf dem das Foto an Jemina67 gezeigt wurde, wie sie ein Kuss-Emoticon zurücksendete.

Marcus war der Älteste in der Gruppe und das, was man eine treue Seele nennt. Er behielt mehr Geheimnisse der bayerischen Politik für sich, als man sich vorstellen kann. Er war seit über vierzig Jahren im Dienst verschiedener Politiker und sogar hochrangiger Militärs. Seit der Entstehung dieses Büros war er dabei und bereinigte alle Gerüchte, Fotos und unangenehmen Kommentare über seine Vorgesetzten aus dem Netz. Seien es Social-Media-Berichte, Kommentare oder Fotomontagen, er hielt mit seinen wachsamen Augen, die aktuell von einer Brille unterstützt wurden, seine Gegner immer wegen möglicher Angriffe im Blick.

„Marcus, wie konntest du das übersehen?" Siggi, der dazu Pressesprecher und der immer Bestangezogene der Gruppe war, versuchte die Chronologie dieses Vorfall zu verstehen.

„Unser größter Feind ist Angus' dunkle Seite. Hätte er mir seine Geheimnisse erzählt, wüsste ich alle Peinlichkeiten rechtzeitig aus dem Weg zu räumen. Aber er behielt viele Sachen für sich." Ja, man konnte sagen, dass der ruhige Marcus diese Wörter durch die geschlossenen Zähne zischte. Er war etwas aufgebracht, da er sich niemals einen solchen Fehler erlauben würde.

„Wer ist Jemina67?"

Enttäuschung ist meistens nur ein kurzer Zustand und sie kann vergehen, doch Marcus schien auf Professionalität zu schalten und klimperte weiter auf seiner Tastatur und der Anflug seiner Gefühle schien mit einem Wischer seiner Hand über die Haare wie wegradiert.

„Sofort. Und ich will keine Märchen hören …", Toshi zeigte etwas mehr Emotionen, als er Angus aufforderte, die Wahrheit zu sagen.

„Ich denke …" Die Mitarbeiterin brachte eine Kanne Kaffee herein und nahm die alte leere Kanne mit. Sie schaltete die Klimaanlage an, die die Herren offensichtlich nicht kannten. Die Luft verbesserte sich langsam und die Wörter kamen aus Angus heraus.

„Ja, sie war ein Mädchen aus Idaho, mit der ich so etwa einmal pro Woche gechattet habe."

„Wo und wann?" Marcus klimperte.

„Das war nichts Bedeutendes, es war nur eine Frau auf einer Website." Angus' Beschwichtigung kam nicht gut an.

„Ich habe dich gebeten, alle Computeraktivitäten an diesem Computer und in deiner Wohnung zu erledigen, aber das Protokoll zeigt nur ein Ausschnitt von einem Chat bei My-Porn-Lady.info." Marcus rollte die Augen zur

Decke und klatschte die Hände auf die Knie. „Du hast das gelöscht und mir nichts gesagt. Du darfst solche Seiten benutzen, aber nicht unter deinem Namen."

„Habe ich nicht. Dort bin ich als Thorshammer bekannt. Ein Pseudonym. Kein Mensch kennt mich in Idaho und meinen Namen habe ich nie angegeben."

„Das Foto wurde nicht hier hochgeladen und bei dir zu Hause prüfe ich auch täglich."

„Das war an einem Wochenende bei meiner Schwester in Oberammergau. Ich war gelangweilt und wollte mich mit Jemina vergnügen. Etwas, was jeder Mann tut."

„Nein, Angus, nicht jeder, und momentan wollen wir nur, dass du deine Schwester anrufst und sie bittest, auf einen Link in der E-Mail zu klicken, die ich ihr sende, und dann den Raum bitte zu verlassen. Verstanden?"

Angus nickte Markus zustimmend zu und bewegte sich zum Telefon. Er schlurfte anstatt zu gehen, scheinbar machte das in seinen Körper vorhandene Adrenalin seine Beine schwer.

„Eins weiß bestimmt jeder, dass Angus nicht besonders gebildet ist, weil, wenn er sich Thorshammer nannte, sollte er sich dann lieber Mjölnir nennen, das wäre wenigstens der richtige Name von Thors Hammer." Diese Bemerkung von Toshi fiel zwar beiläufig, aber sie gab klar zu verstehen, wie wenig er Angus' Verhalten und Person schätzte.

„Allein von einem Foto kann man einen Thailänder nicht ausfindig machen oder gar Angus' Namen vermuten. Er ist kein internationaler Politiker und seine Bedeutung ist noch mäßig." Siggy setzte die Gedankensplitter zusammen und schaltete seinen Bildschirm auf den Projektor und malte auf eine Plantafel einen Sticker mit dem Foto in der Mitte und verband dieses Icon mit einem Symbol, das Jemina67 repräsentieren sollte.

„Ich habe mich im Computer von Angus' Schwester eingeloggt. Angus hat tatsächlich seine Daten nach den Chat gelöscht, aber nicht ganz. Ich kann einige Dateien retten."

Marcus klickte auf ein Icon und da war das Foto wieder zu sehen.

„Wie schaffst du das?" Angus lenkte die Aufmerksamkeit vom Foto auf die Wunder der Technik, die Marcus vorführte. Das Foto verschwand in einem Löschprogramm und das altmodische Geräusch einer Papiervernichtungsmaschine war zu hören.

„Aber das, was es hier noch zu sehen gibt, kann ich nur zum Teil zeigen, weil das Streaming-Programm nur fünf Minuten des Gesprächs behält."

Ein Video startete und darauf war Jemina in einer neuen Darstellung der nackten Venus in einem billigen Schlafzimmer zu sehen. Halb so elegant wie die echte Venus, befand sie sich in einem Hotelzimmer mit viel rotem Samt, bei dem man sogar ohne Hilfsmittel den Schimmel unter dem modernden Stoff riechen konnte. Während sie an einer Übungsstange zum Takt einer Technoversion eines Popklassikers ihre Beine hob, sprach sie mit einem harten Akzent.

Sie verlangte dabei, dass Angus zum Ende kam. Angus wirbelte nackt auf dem Gästebett seiner Schwester und fuchtelte mit seinen dicklichen Händen an seinem Unterleib herum. Marcus verdrängte seine Empfindungen – darin hatte er mittlerweile viel Übung.

Plötzlich spielte er kurz zurück und hörte noch einmal, wie sie sagte: „Bin ich schöner als die Thais?", und Angus stöhnte ein Finale wie ein Sterbender in einem Horrorfilm. Sie verabschiedete sich und das Kleinbild von Angus blendete in das Vollbild über.

„Schalte bitte den Scheiß ab" Toshi versuchte seinen Stress zu vermindern, indem er mit Daumen und Zeigefinger der linken Hand über seine beiden Augen rieb.

„Angus hat mit einem Chat angefangen, aber das meiste lief als Videochat. Das Gespräch dauerte siebenunddreißig Minuten und ich nehme an, es wurde mit zehn Tokens bezahlt – mit deiner persönlichen

Kreditkarte. Den Betrag hast du als Spielgeld deklariert. So geht es wirklich nicht, Angus."

Marcus zeigte auf ein Dokument auf dem Monitor, wo der Wert mit Angaben von Datum und Uhrzeit zu sehen war.

„Ja, aber diese Karte hat keinen echten Account und man kann mich und den Namen auf der Kreditkarte nicht in Zusammenhang bringen", entschuldigte sich Angus.

„Toshi. Ich bereite eine Gegendarstellung vor, falls das wirklich ausgestrahlt wird, und ich bitte dich zu versuchen, mit Marcus die Quelle dieser Show ausfindig zu machen."

„Jemina67 hat ihr Profil aus My-Porn-Lady bereits gelöscht. Aber ich habe auch festgestellt, dass die übertragenen Videos zu einer anderen Frau gehören, die anscheinend Spitfire heißt und die vor zehn Jahren im Internet eine Show gehabt hat, und was unser Angus gesehen hat, war nur eine Wiederholung. Mann, kaufe dir nächstes Mal einen Porno!"

„Mach du deinen Job! Ich muss mich nicht erniedrigen lassen. Ich bin immer noch der Umweltminister."

Alle drehten sich zurück zu ihrem Computer und ignorierten den um Aufmerksamkeit ringenden Angus, der hilfesuchend einen Ausweg aus dieser Situation suchte.

„Woher kennst du diese Website?" Marcus wechselte vom Computer von Angus' Schwester zu dessen privatem Computer und loggte sich in seine verschiedenen Social-Media-Konten ein.

„Ach, das war ein Kumpel, mit dem ich mich seit über zwei Jahren in einer Gruppe unterhalte. Der hat nichts damit zu tun. Er hat mir mal anvertraut, dass er in einsamen Stunden das Portal besucht."

„Du hast dich mit deinem Fake-Profil eingeloggt oder hast du den Fehler gemacht, dich auch mit dem privaten zu verbinden?"

„Nein. Niemals."

Tatsächlich stellte Marcus fest, dass Angus sich an die Vorgaben gehalten hatte.

„Wer und wo war der Kontakt?"

Marcus tippte die Adresse, die Angus auf einem Zettel notiert hatte, in die Navigationsleiste ein.

„Wieder ein gelöschtes Profil. Jedoch kann ich noch etwas erahnen. Ich glaube Jemina67 war der gleiche Mann, der dir den Tipp gegeben hat." Als Marcus sich zu Angus drehte, spiegelten sich die Lichter der Deckenbeleuchtung in seinen dicken Gläsern. In diesem Moment bekam er für eine Sekunde das Gefühl, als wäre Marcus nicht real.

Der Vormittag verlief still und die vier Herren bereiteten den Kampf vor: eine Pressekonferenz, Pressemitteilungen wurden gesendet und Termine mit einigen Unterstützern wurden ausgemacht.

Alle anderen Mitarbeiter wimmelte die fleißige Anne an der Tür ab und sie bekamen einen freien Tag.

Noch war alles geheim.

Mittag

Kurz vor Mittag kamen sie wieder zusammen und Marcus trug seine Ergebnisse vor.

„Ich komme mit meinen Recherchen vier Jahre zurück und wie es bisher scheint, hat Angus mit verschiedenen virtuellen Personen mal hier, mal dort Hinweise auf seine politischen Ideen ausgetauscht. Dafür nutzte er seinen Politiker-Account. Diese habe ich verwaltet und es schien bisher alles geregelt zu sein. Die meisten Kontakte habe ich beantwortet und die kritischen Aussagen hat Toshi geprüft.

Aber Angus hat uns nicht wie vereinbart in sein privates Leben eingewiesen.

Angus, wir haben immer gesagt, dass es zwischen uns keine Geheimnisse geben dürfe." Marcus zeigte dabei seine Enttäuschung über Angus' Verhalten.

„Ich habe die Daten von Marcus in einem Chart zusammengetragen." Siggy schaltete den Projektor und es erschien ein sehr buntes Bild.

„Es ist klar, Jemina67 hat nie existiert." Angus kauerte sich zusammen und schnaubte herum.

„Aus den IP-Adressen von Jemina67 wird auch klar, dass sie nicht aus Idaho kam und offenbar war sie die gleiche Person, die Angus mit einem seiner privaten Fake-Profile kontaktiert hatte. Und zwar kam der Kontakt von Angus auf eine Anzeige hin zustande. Diese Anzeige wurde in seinem E-Mail-Account so platziert, dass er dachte, dass es sich um eine Werbeanzeige für Kontaktportale handelte. Aber Marcus ist der Überzeugung, dass Angus seit vier Jahren mit verschiedenen Fake-Profilen überwacht wird. Alle Profile auf diesem Chart sind in den letzten vierundzwanzig Stunden gelöscht worden."

„Mit jeder diese Personen wurde unbeabsichtigt ein kleiner Teil des Umweltprogramms besprochen. Wir dachten, diese Aussagen haben keine Auswirkung, weil wir sie als Stimmungsbarometer genutzt haben. Wir wollten wissen, wie die Bevölkerung auf gewisse Statements reagiert." Siggy schwitzte trotz der laufenden Klimaanlage.

„Haben wir die Gefahr der Sozialen Medien vielleicht unterschätzt?", warf Toshi nebenbei ein.

„Ich denke, zum Teil ja." Nach einem scharfen Blick in Angus' Richtung zog Siggy seine Jacke zurecht und setzte seinen Vortrag fort.

„Marcus hat darüber hinaus ermittelt, dass die Aussagen, die an alle diese Personen gesendet wurden, nicht viele, aber wichtige Statements zu unserer neuen Umweltpolitik waren. Es sieht auch so aus, dass man von Angus erfahren wollte, ob er ein Gegner von Chemie ist oder nicht. Oder eventuell wie seine Haltung zu Antibiotika in der Schweinezucht ist. Wir haben uns nie

Gedanken über diese Art der Auswertung von Angus' Aktivitäten im Internet gemacht.

Ich muss dazu sagen, auf einen solchen Patzer waren wir nicht vorbereitet."

„Ich bin noch hier", wandte Angus ein.

„Hast du irgendwelche Telefonsex-Geschichten oder andere derartige Peinlichkeiten versteckt? Bitte Angus, macht uns das Leben nicht noch schwerer. Sag alles, bevor wir noch mehr Überraschungen erleben." Siggy war nicht schlank, aber die großen Rundungen an seinem Körper waren so gut platziert, als wäre er ein großer Knuddelbär. Seine blonden Haare waren kurz geschnitten, mit einem eleganten Scheitel nach links, wo seine glatten Haare ruhten. Sogar wenn er bedrohlich wirken wollte, konnte er sein Charisma nicht verbergen.

„Siggy, ich tue nichts im Leben. Ich lebe vom Büro nach Hause und von zu Hause hierher. In der Zeit, die meine Frau mir lässt, muss ich mich irgendwie entspannen. Wir haben seit fünf Jahren keinen Sex mehr. Das kann jeden Mann zum Wahnsinn treiben."

Angus schaute sich um und sah in die fragenden Gesichter seiner Kollegen.

„Ich bin nicht schwul." Seine Stimme klang etwas schrill. Er konnte die Tränen nicht mehr zurückhalten und bedeckte kurz mit beiden Händen sein Gesicht.

„Es war nur etwas Flachsen, Männerspaß. Sonst gar nix. Wir sind auf Transen reingefallen und ich fand es witzig und daraus sind die Fotos entstanden."

„Fotos." Toshi erhob sich vom Stuhl und wirbelte mit seinen Armen in der Luft.

„Ich habe nie was gepostet oder gar jemand gezeigt. Leute, was soll's? Es war weniger schlimm als ein Junggesellenabschied."

„Aber die Konsequenzen für dich sind wohl klar, oder Angus? Oder willst du es mit der Presse aufnehmen?" Siggy sprach kühler als sonst, aber Angus verstand, dass alle im Büro mittlerweile nach sechs Stunden ohne Pause gestresst waren.

Angus schüttelte den Kopf und resignierte. Allein der Gedanke, was er mit seiner Frau alles erleben würde, wenn der Bericht ausgestrahlt würde, ließ ihn verstummen.

„Ich habe mit dem Sender verhandelt. Wenn sie die exklusive Berichterstattung über den Rücktritt bekommen, wird der Bericht mit Nandong, der Schlampe aus Thailand, nicht ausgestrahlt." Toshi war selten witzig, aber Angus dachte, dies sei lustig gemeint.

„Naidong, nicht Nandong", korrigierte Angus.

Er ging kurz aus dem Zimmer und sprach im vorderen Raum mit der Assistentin.

„Als ich den Rücktritt aus persönlichen Gründen nannte, waren sie sehr interessiert. Kannst du seine Computer nach Fotos durchscannen?"

„Toshi. Ich kann alles, sofern ich weiß, wonach ich suche. Dieses Foto hatte er bestimmt auf seinem USB-Stick. Dort kann ich bestimmt nicht über das Internet oder WLAN hinein, aber glaube mir, ich habe sogar sein Handy, Tablet und sogar seine verschiedenen Virtual Drives überprüft. Alles sauber."

„Ich hatte bereits eine Rücktrittsrede vorbereitet gehabt und ich habe sie an die aktuellen Gegebenheiten angepasst. Wir müssen nur mit ihm den Auftritt besprechen."

„Ich kläre das mit der Parteiführung und werde Frau Richter als Interimsvertretung vorschlagen. Bisher scheint sie skandalfrei zu sein und für die Kampagne wäre sie der passende Ersatz", erklärte Toshi.

„Frau Richter? Sie soll meine Nachfolgerin werden? Was kommt danach?" Angus trat wieder ins Zimmer und schnappte den Namen seiner Kollegin auf und wusste, dass sein Ende in der Politik nun unausweichlich war.

„Angus. Sie arbeitet mit uns seit Jahren und sie ist bei den Wählern beliebt. Wir müssen eine schnelle Lösung finden und einen Skandal vermeiden. Hast du einen besseren Vorschlag?"

„Nein. Du hast Recht. Aber wenn ich mir vorstelle, dass sie meine Assistentin war und jetzt meine Nachfolgerin wird, komme ich mir wirklich besiegt vor."

Die Sonne kam durch die Wolken kaum zum Vorschein. Klimatisierte Räume haben diese unnatürliche Wirkung und egal, was für ein Wetter draußen herrscht, man hat ständig das Gefühl, es ist kalt oder warm, aber niemals, wie es draußen ist. Alle waren um kurz vor sechs gekommen und waren erschöpft.

Ein Lieferant trat im Nebenraum ein und bekam von der Assistentin sein Geld.

Man konnte durch das Glas sehen, wie sie sich mit zwei Tabletts mit belegten Broten zur Küche begab. Sie hatte sich am Anfang geweigert, Kaffeekochen oder sonstige Logistikarbeiten zu übernehmen, aber sie entwickelte sich gut in ihrer Arbeit und verstand, dass manchmal Arbeit vor Stolz gehen musste. Dies war leider eine der Krisenzeiten, zu der jeder anpacken musste.

„Ich ließ etwas zum Essen kommen, weil ich dachte, es könnte uns etwas Zeit ersparen." Angus versuchte mit dieser Geste seinen Beitrag zu leisten. Alle bedankten sich und gingen gemeinsam zur Küche.

Entsprechend war die Stimmung beim Abendessen. Keine Witze waren mehr zu hören wie sonst, keine privaten Themen, es wurde nur gegessen und gegrübelt. Sogar Anne, die Assistentin, saß nicht dabei. Sie ging kurz raus und teilte mit, dass sie um eins wiederkommen würde.

„Toshi hat mit der Parteiführung gesprochen. Wir werden lediglich Meinungsverschiedenheiten als Grund für deinen Rücktritt nennen. Die offizielle Version ist, dass du mit der Genehmigung der Nutzung von Chemikalien bei der Züchtung von Schweinen nicht einverstanden bist, und es für ehrlicher hältst, zurückzutreten. Das bietet dir die Möglichkeit, ein gutes Arrangement zu bekommen, deine Rente z. B., und Toshi bat darum, dir das Hauspersonal noch für fünf Jahre zu belassen. Sollte für dich ein guter Deal sein und keiner nimmt Schaden dabei. Wir werden uns bemühen, dich in einer Hilfsorganisation unterbringen, was deine politische Karriere nur ändert, aber nicht beendet." Siggy kaute weiter an einem dicken Baguette und das Geräusch von zermalmtem Brot zwischen seinen Kiefern erinnerte Angus an die Schafotte von Louis XIV.

„Ich bat die Reporterin, dem Thailänder ein Angebot zu unterbreiten und sich seiner zu entledigen." Toshi sah die verwirrten Blicke, die sich auf ihn richteten.

„Er fliegt heute nicht mehr und bleibt in Thailand mit einer großen Summe aus unserer Spendenkasse." Alle nickten zustimmend und beruhigt. Jeder wusste, dass

Spendenkasse ein anderes Wort für Schmiergeld war. Sie hatten fünf Millionen dort geparkt, was bestimmt für diese Situation ausreichen würde.

„Du musst aber alle Fotos und Hinweise löschen. Marcus und Angus, falls irgendwo eine Kopie von irgendeinem Männerurlaub existiert, haben wir in fünfzehn Tagen nichts mehr damit zu tun. Ist es dir klar?"

Toshi war ihm empfohlen worden, weil er kompetent, neutral und wie ein guter Berater sein sollte, dabei immer unsichtbar. Trotz aller Probleme, bei denen er mittendrin war, wurde sein Name niemals in Verbindung mit seinen Aktivitäten gebracht. Angus verstand auch, dass dies eine Art Abschied war, und er wusste, dass mit Toshi an seiner Seite nichts schiefgehen konnte.

„Darauf kannst du wetten. Ich werde auch nie wieder einen Chatroom besuchen."

„Pornovideos kosten manchmal nur fünf Euro und zapfen deine Daten nicht an und wenn du bar bezahlst, ist alles in Ordnung." Marcus schenkte sich eine Tasse Tee ein und ging wieder zu seinem Computer.

„Die Pressekonferenz soll um siebzehn Uhr stattfinden. Fühlst du dich darauf vorbereitet?" Siggy sorgte sich mehr um seinen Auftritt als um den von Angus, da es ihm klar war, dass dieser Auftritt auch seine Bewerbung für einen neuen Posten sein sollte.

Das Telefon in der Zentrale klingelte. Der Ton von einem aufsteigenden UFO war von einem blauen Licht begleitet, damit, wenn das Büro unbesetzt war, man es auch von außerhalb sehen konnte.

Die Assistentin war noch nicht da und so ging Marcus an den Apparat. Nach einem kurzen Gespräch und einem freundlichen Lächeln rief er:

„Deine Frau, Angus." Dann fügte er sehr leise mit der Hand über dem Mundstück hinzu: „Sie wird nichts davon erfahren und du musst nicht darüber sprechen." Ein altmodisches Zwinkern zeigte, dass Marcus wirklich einer früheren Generation angehörte.

Toshi sprach im Büro mit jemandem am Telefon und nickte mehrfach zustimmend, als wollte er damit klarstellen, dass er alles verstanden hätte. Vielleicht eine Tradition, oder kulturell geprägt, Toshi war immer treu und zeigte, dass er verstanden hatte, was man ihm auftrug.

Angus ging zum Telefon und fing an, Erleichterung zu fühlen. Er wollte in diesen Jahren zum Top-Politiker werden, aber er stellte mit Enttäuschung fest, dass in der Politik keine Freunde zu finden sind. Verrat war selten zu erleben, aber vorgefertigte Meinungen und oberflächliche Auseinandersetzungen mit anderen Meinungen prägten den Umgang in seiner Partei. Viele sprachen gerne über die wirtschaftlichen Vorteile für das

Volk, aber er hatte in den letzten zwölf Jahren gelernt, dass keine der Entscheidungen, die er vortragen durfte, dem Volk je etwas gebracht hatte, sondern immer mit höheren Abgaben verbunden war.

Seine Kollegen waren stets freundlich und wenn sie sich trafen, sprachen sie sich mit Kosenamen an und umarmten einander, als wären sie die besten Freunde. Jedoch selten bekam er eine E-Mail in weniger als drei Wochen beantwortet und zu Geburtstagen oder Feiertagen kam nie einen Gruß, ohne dass kurz danach eine Bitte folgte.

Ja, es war eine Klasse für sich. Seinen Ausrutscher könnte eventuell seine Frau nach zwei Tagen Wut und einigen Racheeinkäufen vergessen, aber die Politik würde das niemals vergessen oder gar entschuldigen.

Er legte den Hörer auf und erinnerte sich nicht mehr, über was er mit seiner Frau am Telefon gesprochen hatte. Er wusste nur, dass sie bestimmt den Ärger in der Luft spürte.

Nun ging er etwas geduckt vor Scham und war nervös wegen der anstehende Pressekonferenz, aber er hatte bereits Erfahrung und die unangenehmsten Fragen übernahm geschickt Siggy, der auch nicht selten einigen Reportern Hausverbot erteilte. Seine Härte war bereits in allen Kreisen bekannt und darum gaben sich die Reporter immer mit den Antworten zufrieden, sogar wenn sie bedeuteten, dass sie nicht zu bedeuten hatten.

Der Himmel draußen verdunkelte sich und durch das Fenster konnte man nur sehen, wie unaufhörlich Autos vorbeifuhren und wie in einem Stummfilm bewegten sich Personen im Bild, aber ohne Ton.

„Angus, ich habe den Chart von Siggy an der Tafel aktualisiert. Ich denke, du hast dich trotz aller Vorsicht zu manchen Gesprächen hinreißen lassen und dabei den falschen Personen deine Absichten zur Antibiotika-Politik verraten." Marcus schob die Computerbrille den Nasenrücken hoch und zeigte mit einem gestreckten Zeigefinger auf das Bild an der Tafel.

„Was meinst du damit?"

„In diesen Portal unterhalten sich Personen nur unter dem eigenen Namen und falsche Profile sind kaum möglich, da Empfehlungen und Fähigkeitsbestätigungen die Echtheit der Profile mehr oder weniger garantieren.

Die Dame an der Tafel bitte." Marcus verlieh seiner Vorstellung am Monitor mit einem Wink der Hand Ausdruck.

„Sie ist Beraterin bei Pharmacom. Pharmacom ist einer der Antibiotikaproduzenten, die am meisten zu verlieren haben, falls deine Gesetzesvorlage angenommen wird.

Ich habe nur überlegt, warum man mit so vielen Profilen und Tricks Informationen von dir zapfen wollte."

Marcus stand auf und zeigte die verschiedene Profile und deren Beziehungen in den verschiedenen Sozialnetzen, bis hin zu Jemina67.

„Du siehst, dass man sich alle Mühe gegeben hat, dich mit Schande zu überziehen. Im katholischen Bayern und in einer Zeit, in der Moral bei vielen Themen eine Rolle spielt, kann das zu einer Achillesferse werden. In deinem Fall traf dies genau zu.

Ich wollte nicht gefühllos klingen, aber du musst zugeben, dass du das passende Opfer für diese Strategie bist. Viele wissen, dass du gerne prahlst, und man kann unbesehen annehmen, dass du irgendeine dunkle Geschichte in Hintergrund hast."

Toshi kam ins Zimmer und hörte sich den Vortrag an.

Die Assistentin legte ihre Tasche in den Schrank in ihrem Empfangsbereich und machte sich bereit, den Nachmittagsturnus anzugehen.

„Ich bin sicher, dass das Foto bereits in einigen Kreisen die Runde macht, und beim ersten Konflikt wird es wiederauftauchen. Dich als Politiker zu neutralisieren und gut zu versorgen, wie Toshi vorschlägt, ist die beste Lösung für alle", übernahm Siggi kurz die Rede. Marcus setzte dann fort:

„Anne wird das Foto mit einige Kopien im Internet verteilen. Bitte keine Aufregung." Marcus wedelte mit seinen Händen wie Palmen am Strand und erläuterte weiter:

„Wir können dadurch behaupten, dass das Original nur eine Fotomontage ist. Wir platzieren die Montagefotos in alle Witzblogs und Sensationsblätter, als einen Angriff auf die Moral der Minister. Ohne den Thailänder kann man dann die Echtheit des Fotos nicht mehr nachweisen und wir gehen auf deinen Freund zu und bitten ihn um Diskretion. Wir entschärfen dadurch jeglichen Klatsch über das Thema."

Angus warf sofort ein: „Das wird nicht nötig sein. Er selbst will nicht mit diesem Tag in Zusammenhang gebracht werden."

„Nun, egal wie, wir kommen da sauber raus. Du musst nur deinen Teil dazu beitragen, aber da bist du sehr gut, dass wissen wir alle."

Mit diesen Schlussworten brachte Marcus Ruhe in die Runde und es wurde deutlich, wie sicher sich die Gruppe wegen seiner Erfahrung fühlte.

Sonnenuntergang

Die nächsten zwei Stunden verfasste Siggy persönliche Mitteilungen und Einladungen für einen Empfang, bei dem der Minister seinen Rücktritt aus persönlichen Gründen kundtun sollte. Toshi kümmerte sich um das Management in der Partei und die Konkurrenten von anderen Parteien, die sicherlich an dem frei werdenden Posten ein besonderes Interesse hatten.

„Wir müssen zu unserer Pressekonferenz gehen." Siggi hatte sich umgezogen und war bestimmt beim Friseur gewesen. Sein Auftritt war immer makellos und man behauptete, viele wären so von seinem Auftritt betört, dass sie sich kaum um den Inhalt seiner Aussagen kümmerten.

„Ich denke, ich sollte mich vor der Konferenz etwas frisch machen, oder?"

„Wir fahren zuvor bei dir vorbei. Marcus weiß Bescheid und Siggi auch, ich denke, wir können dann los, oder?"

„Jungs, ich werde diesen Tag bestimmt nie vergessen und ich werde mich noch entsprechend bedanken. Für heute möchte ich mich verabschieden und bitten, dass ihr alles möglichst verschwinden lasst, und ich entschuldige mich für diesen infantilen Ausrutscher."

„Wir sind alle erwachsen und bestimmt nicht zimperlich. Du hättest uns nur mehr vertrauen sollen. Wir hätten diesem Vorfall vermeiden können." Toshi klang sehr mitgenommen und war zu einfühlsam, um die Details des Vorfalls zu erwähnen.

„Toshi. Ich habe dich nie gefragt, ob du verheiratet bist."

„Und das war auch gut so. Solche Details gehören nun einmal nicht zu unserem Umgang miteinander." Kühl und professionell. Toshi wusste um die Bedeutung dieser Worte und sein geschickter Umgang mit Worten war auch seine beste Eigenschaft als Hüter so vieler Geheimnisse.

„Auf jeden Fall bedanke ich mich auch bei euren Familien, da sie bestimmt auch etwas von unserem Stress mitbekommen."

Siggi und Angus waren im Flur und da es keine Wand zwischen dem Empfangsraum und dem Flur gab, konnte man beide Herren dort stehen sehen.

Ein Glöcklein annoncierte, dass der Aufzug angekommen war, und mit einem Wink verabschiedeten sich die Herren von ihren Kollegen und Anne fuchtelte weiter uninteressiert an ihrer Telefonanlage.

„Das war das vierte Mal, dass wir einen solchen Skandal von Angus abwenden", Marcus lächelte leicht vergnügt.

„Er durfte leider auch nicht länger im Amt bleiben. Zu viele Jahre im Amt sind wie eine degenerative Krankheit." Toshi holte sich eine Tasse Kaffee und ging zum Telefon.

Nach einigen Minuten des Telefonierens kam er ins Büro und signalisierte Anne, die Pressekonferenz auf den Monitor zu schalten.

Eine Kamera fuhr ein Close-up auf Siggis Gesicht und dann zoomte sie zurück, bis fast sein ganzer Körper auf dem Fernsehbild zu sehen war.

„Gleich spricht der Umweltminister Angus Voigt live zu den bayerischen Bürgern. Offensichtlich sind die Diskrepanzen zwischen dem Minister und seiner Partei in einem Punkt eskaliert, so dass er eine Erklärung geben wird. Einige meinen, dass er sogar seinen Rücktritt angeboten hat." Der Kommentator gab vor, Bescheid zu wissen, und versuchte sein Glück mit Raten. Er schien darin recht gut zu sein, aber er konnte unmöglich wissen, was bevorstand.

„Dr. Siegfried Rochner ist immer der Erste in den Pressekonferenzen und überprüft die Geräte und", eine dramatische Pause folgte, „prüft, ob die Presse Männchen macht." Es folgte ein Lachen über einen Insiderwitz, den scheinbar nur der Sprecher verstehen konnte.

„Meine Damen und Herren, die Verantwortung unseres Umweltministers liegt sowohl bei der Umwelt als auch in der Ethik, damit er das Volk in vollem Umfang vertreten kann.

In den letzten Monaten kämpfte er tapfer gegen Strömungen, die sich nicht mit Argumenten überwinden lassen.

Arbeitsplätze können gefährdet werden, Steuereinnahmen können drastisch sinken, wenn die geplanten Verbote für Antibiotika in der Schweinezucht durchgesetzt werden."

Ein kurzes Protest-Buhen war schwach zu hören. Siggi ließ sich nicht beeindrucken und gab ein kurzes Zeichen mit einem vieldeutigen Blick zu einem der Sicherheitsmänner. Während der Querulant höflich zum Foyer begleitet wurde, sprach Siggi weiter.

„Schweren Herzens musste unser Minister eine Entscheidung treffen, die für das Volk die beste Lösung darstellt.

So tritt er zum Monatsende von seinem Posten zurück."

Im Publikum zeigten einige „Ohs" und „Ahs" seine Überraschung.

„Unser Herr Minister wird einige Ihrer Fragen beantworten und falls einige Ihrer Fragen doch nicht in dieser Runde beantwortet werden können, kann ich Ihnen zusichern, dass wir Ihnen eine Stellungnahme per E-Mail zusenden werden."

Der Minister Angus Voigt war bereits auf seinem Posten und wartete, bis die vorbereiteten Fragen aus dem Publikum ins Mikrofon gesprochen wurden.

Es lief alles wie geplant und nach fünf vorgefertigten Antworten, die nicht unbedingt voll zu den gestellten Fragen passten, bedankte sich Siggi bei den Pressekollegen und teilte mit, dass Einladungen zu Angus' Abschiedsgala und die Nominierung seiner Nachfolgerin demnächst verschickt würden.

Alle Reporter fragten fast im Chor, wer denn seine Nachfolgerin werde, und wie gewohnt winkte Siggi sehr charmant, was bedeutet, wer zu viel fragt, fliegt aus der Einladungsliste. Bevor die Sendung ausgeblendet wurde, schaltete Anne den Monitor aus.

„Ich glaube, wir haben einen guten Job abgeliefert. Grüße mal deine Frau von mir, Toshi."

„Klar. Sie kommt am Wochenende zurück, sie meinte, sie will Bangkok noch genießen. Besser könnte es nicht sein. Jetzt können wir uns nur für unseren nächsten Job vorbereiten", bestätigte Toshi.

„Isabella Richter ist bisher makellos und es klingt fast so, als würde sie aus einem Kloster kommen", meldete sich Anne zu Wort.

„Das wollen die Wähler sehen. Eine neue Mutter Teresa mit viel Interesse für Umweltprobleme", sagte Toshi etwas in Gedanken versunken.

„Leider hat jeder Heilige einen Fleck unter dem Mantel." Marcus wusste, dass keiner dem Internet widerstehen konnte.

„Es ist dann dein Problem, diesen Fleck zu finden", sagte Toshi und lachte.

Der Abend

„Ich kenne Ihre Interessen sehr gut und habe sogar einige Kongresse ausgesucht, wo Sie neben dem professionellen Kontakt auch phantastische Erholungsmöglichkeiten haben werden, und ich bin sicher, Sie werden diese Erholung brauchen." Anne war freundlich und bestens über die Interessen ihrer Vorgesetzten informiert. Ihre Verwandtschaft mit Marcus machte sie nie zum Thema, aber sie war ebenso effizient wie ihr Großvater.

„Ich bin sicher, Sie werden eine gute Umweltministerin sein", sprach Anne in einem durchaus freundlichen Ton.

„Und Sie werden bestimmt meine beste Assistentin sein. Ich danke für den Anruf."

Isabella Richter legte das Telefon zur Seite und fühlte sich, als würde sie auf Wolken schweben. Sie, die bisher nur einen Abgeordnetenposten bekleidet hatte, wird plötzlich zur Ministerin. Noch eine Frau an der Spitze, dachte sie. Das war in Deutschland nicht mehr so neu, aber immerhin, es war ihr Engagement, das sie dort hingebracht hatte.

Sie musste sich mit dem Parteiprogramm befassen und ihr Team kennenlernen. Sie kannte sie alle und war sicher, den Posten bestens ausfüllen zu können, und diese Jungs waren leicht zu koordinieren.

Anne war fast unscheinbar und ihr Alter konnte man nicht einschätzen, und statt eine Erklärung für die Narben an ihrem Arm zu geben, hatte sie bisher immer geschickt das Thema gewechselt. Siggi brauchte nur Geld für neue Designeranzüge und wichtige Pressekonferenzen. Marcus lebte im Hintergrund und für sie war es angenehmer, sich mit einem Gleichaltrigen als mit einem Jugendlichen über etwas zu unterhalten, wovon sie keine Ahnung hatte. Sie hatte das Gefühl, dass, wenn sie einem Brief diktierte, in den Augen der Sekretärinnen klar abzulesen war, dass sie selbst den Brief schneller abtippen konnte. Aber so war sie nun einmal. Sie hatte sich nie für Computer interessiert und als Biologin musste sie zwar manchmal mit Computern umgehen, aber nicht hauptamtlich.

Wie sie dem Telefonat entnommen hatte, erwartete sie das Team bereits am nächsten Morgen um neun für ein informelles Gespräch. Sie machte sich etwas Sorge um Toshi, da er etwas dominanter war als die anderen. Jedoch wusste sie, dass, wenn er zu viele Probleme machen würde, sie ihn jederzeit austauschen könnte.

Sie war sehr erfahren und sie war immer überzeugt gewesen, das Parteiprogramm besser zu kennen, als Angus es tat. Sie machte ihren Kleiderschrank auf und durchforstete die vorhandenen Farben und überlegte, was am besten zu einem informellen Kennenlernen passen würde.

Sie sah dabei ein gelbes Kleid, das sie in Tunesien gekauft hatte. Es war in ihrem letzten Urlaub. Der Verkäufer war so bemüht gewesen, ihr zu gefallen und seine Produkte zu verkaufen, dass er sogar zu ihr ins Hotel gekommen war.

Sie fühlte sich etwas unwohl, weil sie auf keinen Fall mit einer Sextouristin verwechselt werden wollte, aber sie wollte sich auch den Spaß nicht entgehen lassen.

Sie flog gerne in Länder wie Tunesien, Marokko oder Ägypten. Ausgrabungen, Strände, viele Museen. Und manchmal besuchte sie auch interessante Biologiekongresse, die dort viel mehr Nähe zur Natur hatten als in Europa.

Sie entschied sich für ein dunkles Lila und legte es auf einen stummen Diener und machte sich auf die Suche nach passenden Schuhen, die nicht drückten. Sie hatte sich zwar innerlich immer gewünscht, elegant wie die Büro-Barbies zu sein, aber es gelang ihr nicht. Sie konnte nicht auf hohen Absätzen gehen und ihre Statur hatte sie vom Vater geerbt. Sie schaute sich ungern im Spiegel an.

Das war ein Karrieresprung für sie und sie wollte mehr. Ihr Mann hatte sie bereits vor fünfzehn Jahren verlassen und sie hatte seither nur noch ihre Karriere im Blick gehabt.

Als sie merkte, dass sie bereits etwas zu müde war, setzte sie sich kurz an ihren Arbeitstisch und schaltete den Computer ein. Neben dem Jazz, der im Radio erklang, war das Geräusch des Ventilators des Computers zu hören. Während das System hochfuhr, schenkte sie sich einen spanischen Cognac ein. Das System kam mit viel

Verzögerung hoch und sie dachte, die erste Aufgabe von Marcus würde sein, ihr ein neues Gerät zu besorgen.

Sie rief ihren Browser auf und schrieb „Tunesien" in das Suchfeld. Sofort wurden interessante Einträge und Nachrichten aufgelistet. Sie las über einen kommenden Kongress für Umwelt, der in Tunis stattfinden sollte, und klickte darauf.

Sie las oberflächlich die Informationen und Preise und war bereits zu müde, um weiter zu navigieren, doch eine Werbung war doch noch interessant. Darauf konnte man lesen, dass ein persönlicher Reisebegleiter, der auch Deutsch sprechen konnte und sich um alle Arrangements kümmerte, in einem neuen Portal gesucht werden konnte.

Als sich das Portal auftat, waren verschiedene Portraits von sehr gut aussehenden Männern zu sehen, die ihren Lebenslauf präsentierten.

Wenn man auf das Foto klickte, waren noch weitere Fotos, sogar im Badehose, zu sehen. Sie war fasziniert, da sie in Tunesien so etwas nie erlebt hatte. Sie war sicher, dass kein Angebot von Anne hier mithalten konnte. Auf einem Knopf unten war zu lesen: „Chatten Sie mit mir".

Als sie den Button drückte, kam eine Meldung: „Ich bin Affar72. Wie heißt Du?"

Weitere Publikationen

Deutsche Romane

- Altreia, Drama, 1998
- Geheimnis der verdorrten Rosen, Mystery, 2009 – Reimo Verlag *
- Virtuelle Liebe, Kurzroman, Thriller, 2016 *
- Paloma, Kurzroman, Thriller, 2016 *
- Die Muse, Kurzroman, Erzählung, 2016 *
- Post-Mortem Kino, Roman, Drama, 2016 *
- Die Heilerin, Roman, Thriller, 2017 *
- Geheimnis der verdorrten Rosen, Mystery, 2017 (neue Version) *
- Das Zauberspiegel des Eros, Roman, Thriller, 2017 *
- Das Tal, Roman, Thriller, 2017 *
- Jahreszeiten der Sünde, Roman, Thriller, 2018 *
- Die blutige Soiree des Grafen Rasnov, Krimi, 2018 *

Deutsch Graphik Novelle

- Virtuelle Liebe, 2018 *
- Paloma, 2018 *
- Die Muse, 2019 *

English Novels

- Virtual Affairs, 2018 *
- The Muse, 2018 *
- The Muse – Graphic Novel, 2018 *

German audio books

- Virtuelle Liebe, 2018
- Paloma, 2018
- Die Muse, 2018

Art catalogue

- Geliebter Vater, 1995 *
- The new Artist, 1996 und 1997
- Liebe in Stücken, 2009 *
- Kunstkatalog, 2010
- Liebe in Stücken, Edition II, 2016 *
- Kunstkatalog, 2017 *
- Kunstkatalog, 2018 *
- Kunstkatalog, 2019 *

(*) Listed in the German National Library